हू इज द कैंडिडेट

कोकिला रावत

Copyright © Kokila Rawat
All Rights Reserved.

This book has been published with all efforts taken to make the material error-free after the consent of the author. However, the author and the publisher do not assume and hereby disclaim any liability to any party for any loss, damage, or disruption caused by errors or omissions, whether such errors or omissions result from negligence, accident, or any other cause.

While every effort has been made to avoid any mistake or omission, this publication is being sold on the condition and understanding that neither the author nor the publishers or printers would be liable in any manner to any person by reason of any mistake or omission in this publication or for any action taken or omitted to be taken or advice rendered or accepted on the basis of this work. For any defect in printing or binding the publishers will be liable only to replace the defective copy by another copy of this work then available.

मेरे पिता जी

पिता की अहमियत पिता के जाने के बाद याद आई

जो जेब अपनी समझी थी वो आज खाली पाई

जो जेब कभी खाली नहीं हुई अपनी ख्वाहिशों से वो तो उनकी थी आज जानी।

जो पर थे अपनी कल्पनाओं की उड़ान के

जो थे अडिग शैल हौसले के

तो प्रश्न थे हर जवाब के

और जवाब थे हर प्रश्न के

जो क्रोध में ज्वाला थे

पर मोम दिल का रखते थे

पूछे अगर कोई पिता क्या है

तो पिता इच्छाओं की जादुई छड़ी है

हौसलों की लड़ी हैं

आत्मविश्वास की कड़ी है

दर्द दिल में होकर भी औरों के लिए चेहरे की मुस्कराहट है

है रोशन हर एक राह।

है ताज अपने अस्तित्व का।

कोकिला रावत

ysf[kdk dh dye ls

vki lHkh dks esjk I;kj Hkjk ueLdkjA

izLrqr dgkuh ,d gYdk gkL; gS] tks thou ds [kÍs&ehBs iy
ltk, gq, gSA tks dgha vkidks viuk niZ.k fn[kkrs gq, mu
lqugjs yEgksa dks fQj ls thoar djrk gSA thou esa dbZ
lkFkh feyrs gSa] tks thou dks u;k eksM+ nsrs gSaA jkg
esa rks pyrs&pyrs dbZ lkFkh NwV tkrs gSa] ij mudh
;knsa vkSj ckrsa ;kn vkrh gSa] tks thou dks u;k vFkZ
nsrh gSaA

vkaf[kj esa] eSa viuh rjQ ls ,d NksVk lk fMLDysj dgrh
pywaA bl ladyu esa lHkh ik= vkSj ?kVuk,a dkYifud gSaA

dksfdyk jkor
•

'kh"kZd

i`"B la[;k

;kjksa dk [;ky j[kks

5
•

ihNs eksM+

6

•

isV esa vk jgk gS] eqig esa ugha

7

•

nksuksa gkFkksa esa ;Ïw

8

•

nhnh dh fdrkc

9

•

tLV tksfdax

10

•

csLV vkWQ ;d jks nxjs tk

11

•

/kwi esa cdy lQsu ugha fd, gSa

12

-

py >wBh

13

-

yks cPps dks idM+ks

14

-

tc vHkh le; ij ugha igq¡ps] rks ukSdjh esa D;k igq¡pksxs

15

-

vcdh ckj ugha rks

16

-

fglkc yxk;k

17

-

pkS/kjh th

18

-

29

vHkh rks vlyh ikiM+ csyus cps gSa

30

dgha eSa dq¡okjh u jg tkÅ¡

31

gw bt+ fn dSafMMsV \

32

fQj ljdkjh fjfDr;ksa dk QkWeZ Hkjus py fn;s

34

ge ij Hkh jge fd;k djks

35

1& ;kjksa dk [;ky j[kks

jfookj dk fnu lqcg vkjke ls mBdj pk; dh pqLdh ysrs gh
lgsyh dk Qksu vk;kA

liuk & xqM ekWfuZaxA dSls gks \ cgqr fnuksa ls ckr
ugha gqbZ gSA

eSa & xqM ekWfuZaxA Bhd gw¡A dSls gks \

liuk & D;k ckr] tc Qksu djks] rks iwNrs gksA ugha rks
ughaA vjs ;kjksa dk [;ky j[kk djksA cq<+kis esa vius
nksLr gh dke vkrs gSaA

eSa & gk¡] Bhd dg jgh gSA dgha ckgj tkus dk dk;ZØe
cukrs gSaA cgqr fnu gks x, dke djrs&djrsA tjk fjySDl
gks tk,axsA

liuk & pyks fQj uSuhrkyA ogka iqjkuh ;knsa rktk djsaxs
vkSj iqjkus nksLrksa ls xi'ki djsaxsA

eSa & Bhd gSA 10%30 cts rd vkrh gw¡ vkids ?kjA ogha ls
pysaxs dkj esaA pyks] nks fnu bl rjh /kwi ls jkgr dh
lkal feysxh vkSj ewM Hkh ÝS'k gks tk,xkA

liuk & Bhd gS] 10%30 cts vk tkukA

eSa 9%00 cts ugk&/kksdj] pk;&uk'rk dj ,d tSdsV ysdj
iSny gh fudy iM+hA lkspk blh cgkus ekWfuZax okWd
Hkh gks tk,xhA tSls gh dqN nwj fudyh] rks ns[kk] vkt
ds fnu lkekU; fnu ls T;knk HkhM+&HkkM+ gks jgh FkhA
Ldwy ds ikl vf/kdrj 20 ls 40 o"kZ ds ;qod&;qofr;k¡
[kM+s FksA ekywe gksrk Fkk fd dgha ckgj ls vk, gSaA
ckj&ckj izos'k&i= esa utj nkSM+krs vkSj vius Ldwy o
vuqØekad dks feykrs gSaA

2& ihNs eksM+

;qod & HkkbZ lsaV Fksjslk dgk¡ gS \

HkhM+ ls & vjs HkkbZ] og rks ik¡p fdyksehVj nwj jg x;k gSA vki vkxs pys vk, gksA

;qod & (युवक अपने साथी से) ihNs eksM+ tYnh ckbd dks] rst pykA ugha rks ijh{kk NwV tk,xhA flQZ nl feuV cps gSaA

3 & isV esa vk jgk gS] eq¡g esa ugha

,d yM+dh] vk¡[kksa esa cM+s&cM+s p'esA og dbZ lkfFk;ksa ls f?kjhA

js.kqdk & rq>s irk gS \

vuq"dk & D;k \

js.kqdk & bl o"kZ dk 'kkafr dk ukscsy iqjLdkj fdls fn;k x;k gS \

Hkqou & vjs mls ---------

js.kqdk & fdls \

Hkqou & vjs isV esa vk jgk gS] eq¡g esa ughaA

xhrk & Jh ckck vkeVsA

jksgu & vjs og rks cgqr iqjkus gSaA gj lky dk gj lky feyrk gSA

vfHk"ksd & vjs pkj vkWI’ku esa ls tks lcls lgh yxs mls
fVd dj nsukA

fjfrdk & gk¡] lgh dgkA ns[kdj rks ;kn gh vk tk,xkA

eksfudk & crkvks] ns‘k esa fte dkWcsZV ikdZ dgk¡ gS \

fjrq & gfj;k.kkA

uSuk & ugha] HkkssikyA

dSyk’k & ugha] vkxjkA eSaus i<+k FkkA

Hkkqou & vki lc dks lqudj ,slk yxrk gS] lkjs mYyw ,d txg
vk x, gSaA

ik;y & ,slk D;ksa dg jgs gks \

Hkkqou & bruk ljy rks gSA mŸkjkk[k.M esaA

vuq & vkSj iwNksA

fjrq & vc T;knk iz‘u er iwNksA dU¶;wtu gks tk,xkA

4& nksuksa gkFkksa esa yĩw

,d ;qorh viuh lgsyh ls

lfjrk & bl ckj rks cgqr esgur dh gSA cl vc dh ckj ugha
fudyh rks fQj ’kknh iDdh gSA

lksue & eryc] nksuksa gkFkksa esa yĩw ysdj ?kwe jgh
gSA ,d esa ‘kknh dk vkSj nwljs esa ukSdjh dk yĩw] cgqr
HkkkX;’kkyh gSA

lfjrk & vkSj rqe D;k djksxh \

lksue & bl ckj p;fur gks xbZ rks Bhd] ugha rks dksbZ
NksVk&eksVk dke d:axh vkSj lkFk esa rS;kjh HkhA ?kj
esa esjh nhnh dh 'kknh vkSj HkkbZ dh i<+kbZ dk
[kpkZ Hkh gSA

5 & nhnh dh fdrkc

chuk & cki js ! bruh eksVh fdrkc \ D;k pkV jgh हैं \

fiz;k & vjs ughaA blh eghus nhnh us nh] tks fiNys lky
fudyh FkhA dg jgh Fkh] lkjs iz'u blh fdrkc ls vk, FksA
blfy, i<+ jgh gw¡A

chuk & vjs fn[kkk rksA eSa Hkh dqN ;kn dj ywaA D;k
tkus dqN iz'u Ql tk,aA

fiz;k & vk i<+ ysA

chuk & vjs ;s D;k i<+ jgh gSA ;s rks fiNys ls fiNys lky ds
djsaV vQs;j gSA ;s rks gj lky cnyrs gSaA ns[k rks ysrh
ixyh i<+us ls igysA

fiz;k & vks uks ! eSaus D;k ;kn dj MkykA vc D;k d:A

6 & tLV tksfdax

;qod vkSj ;qorh gkFkksa esa gkFk Mkys gq,A

jksgu & lquhrk] ge nksuksa us ru&eu ls lkFk&lkFk i<+k
gS vkSj nksuksa fudy x, rks fQj ge nksuksa 'kknh dj
ysaxsA fQj euk er djukA rsjs firkth us dgk gS igys

ukSdjh fQj gkFk ekaxukA

eksfudk & vxj rqe fudy x, rks 'kknh iDdh ij ckbZpkal
eSa fudy dbZ vkSj vki jg x, rks D;k gksxk \

jksgu & 'kqHk&'kqHk cksyks] fny er rksM+ksA irk gS
fnu esa ,d ckj ljLorh thHk esa okl djrh gS vkSj oSls Hkh
rsjs cxSj eSa ftank ugha jg ldrkA

eksfudk & dksbZ ckr ughaA eSa fudyh ;k vki] cjkcj gh
rks gSA eSa fudy xbZ rks vki esjs ;gka ukSdjh dj ysukA
fQj ge nksuksa 'kknh dj ysaxs gkgkgk----------------

¼jksgu eqag cukrk gS½

eksfudk & tLV tksfdaxA

7 & csLV vkWQ yd rks dgrs tk

fefFkys'k & D;ksa मुँह yVdk, [kM+s gks \

g"kZ & vkt eSa izos'k&i= ?kj esa gh Hkwy x;kA

fefFkys'k & tkvks fQj] ?kj tkdj ys vkvksA

g"kZ & ;kj] eSa ;हाँ gY}kuh ds dejs esa ugha] vYeksM+s
ds ?kj esa Hkwy x;k gw¡A

fefFkys'k & vks cki js ! rqe cM+s ykijokg gks \ vkus ls
igys ,d ckj izos'k&i= pSd rks dj ysrs \

g"kZ & vc eSa D;k d:¡ \

fefFkys’k & tkvks] vanj tkdj vkWfQl esa ckr dj yksA D;k
tkus og isij nsus nsa \

g"kZ & dksbZ Qk;nk ughaA fcuk izos‘k&i= ds mUgksaus
euk dj fn;kA

fefFkys’k & rks vc D;k djksaxs \

g"kZ & vc okil ?kj dks tkÅ¡xk HkkbZ A

¼म॑qag yVdk, iko ls iRFkjksa esa Bksdj ekjrs gq,½

fefFkys[k & vjs ;kj] csLV vkWQ yd rks dgrk tkA

8 & /kwi esa cky lQsn ughk fd,A

rdjhcu 40 o"kZ dh vk;q dk O;fDr cPpksa dh vkokt lqudj
Hkh vulquk djrk gqvkA dqN cPps mlds vkxs igaqpdjA

cPps & lj th ueLdkjA th igpkku gesa \

¼lj th igpku dj Hkh vatku cus jgs½

cPps & vkius gesa nks lky igys ih0lh0,l0 dh dksfpax
djokbZ FkhA

fuDdh & th eSa fuDdh] ;g ueu] og lfjrk] oks gS nhfidk]
eksuw] lksuw vkSj rkfu;kA

lj th & ¼dqN ;kn djus dk cgkuk djrs gq,½ gk¡] ;kn
vk;kA dSlh py jgh gS rS;kjh \

cPps & cgqr cf<+;k lj thA lj] D;k vki vius HkkbZ dks isij
fnykus yk, gSa \

lj th & (झेंपते हुए) ugha] HkkbZ gSadk rks ih-lh-,l- esa
fiNys lky p;u gks x;k gSA

cPps & lj] vki rks cgqr gh baVsfytsaV gks] A हमारोंfQj
Hkh jg x, D;k gksxk \

lj th & esgur ds lkFk yd Hkh t:jh gksrk gS cPpksaA
vPNk eSa pyrk gw¡A ck;] csLV vkWWQ yd Vw ;w vkWyA

cPps & csLV vkWWQ yd Vw ;w Vw] ljA

¼cPps lj ds tkus ds ckn [kqlqj&Qqlqj djus yxrs gSa½

Vhuk & lj Hkh isij nsus vk, gSaA brus cw<+s gksus ij
HkhA

ueu & vjs! i<+us dh dksbZ mez ugha gksrh gSA oSls
Hkh ih-lh-,l- 40 lky dh mez rd Hkj ldrs gSaA

rkfu;k & lj rks cgqr cw<+s yx jgs gSa uk vkSj tc gekjs lj
gh ugha fudy ge dSls fudysaxsA

fuDdh & lj us /kwi esa cky lQsn ugha fd, gSa vkSj ,Xtke
esa fudyuk u fudyuk lc fdLer dk [ksy gSA

eksuw & ;kj! vxj ugha fudys rks ckn esa gekjs Hkh ;gh
gky gks tk;saxsA

9 & py >wBh

jk[kh & vjs gjthr ! rqe rks dg jgh Fkh fd rqeus isij ugha
Hkjk] rks fQj isij nsus dSls igq¡ph \ D;ksa pqids&pqids
lcdks /kks[kk nsdj vdsys gh ,Xtke dh rS;kjh dj yh \

gjthr & ugha] ikik us irk ugha dc QkeZ Hkj fn;k vkSj vkt
eq>s dgus yxs isij nsdj vkA

jk[kh & py >wBh ! D;k vady ds iSls brus Qkyrw gks jgs
gSa fd fcuk i<+s rsjs QkWeZ Hkjsaxs \ fdlh vkSj dks
lqukuk A eSa ugha vkus okyh rsjh dgkuh esaA

10 & yks cPps dks idM+ks

¼cPps dks xksn esa idM+s Qksu esa vius ifr ls½

iRuh & lqurs gks th] tYnh vkvks ,Xtke dh ?kaVh ctus
okyh gSA tjk cPps dks idM+ksA

ifr & vHkh vk;k

¼ifr nkSM+rs gq, gk¶rs&gk¶rs½

ifr & ;g yks] MkbZij ys vk;kA vkt gh bldk isV [kjkc
gksuk FkkA

iRuh & isV [kjkc] crkdj FkksM+h uk gksrkA yks idM+ks
blsA /kwi esa uk ys tkukA Vkbe&Vkbe esa vks-vkj-,l-
fiykuk vkSj uSih cny nsukA lc phtsa cSx esa j[kh gSaA ;g
yks Qksu] Qksu ys tkuk euk gS cl तीन?k.Vs laHkky
yksA vkt vkidks Hkh irk pysxk dSls cPps ikyrs gSa \

ifr & ¼xqLls ls½ cl ;gh fnu ns[kuk jg x;k gSA vc fudy
tkrs gks rks irk ugha D;k&D;k djuk iM+rk gSA

iRuh & vjs ! etkd dj jgh FkhA D;ksa fQj ukSdj&pkdj
ugha j[ksaxs] tc nksuksa ukSdjh djus tk,axsA vki Hkh
cl NksVh&NksVh ckrsa fny ls yxk ysrs gksA

¼cPps dks pwers gq, vkSj ifr dks xys ls yxkrs gq,½

ifr & vksdsA csLV vkWQ ydA /;ku ls] eu yxkdj djukA
cPps dh fpark er djuk] eSa ns[k yw¡xkA

11 & tc vHkh le; ij ugha igq¡ps rks ukSdjh esa D;k
igq¡pksxs

vpkud igyh ?kaVh ctrh gS vkSj ijh{kkFkhZ izos‘k&i=
tapokrs gq, gkWy ds vanj izos’k djrs gSa vkSj Ldwy dk
izos‘k }kj can gks tkrk gSA vHkh dqN ijh{kkFkhZ cgqr
nwj ls nkSM+rs gq,] da/ks esa cSx Vkaxs gq,A ekywe
gksrk gS mudh cl ;k Vªsu ysV igq¡ph gSA

¼dbZ ijh{kkFkhZ xsV ds ckgj fxM+fxM+krs gq,½

ijh{kkFkhZ & Ñi;k QkVd [kksy nhft,A ijh{kk nsus nhft,]
cgqr nwj ls vk, gSaA Vsªu ysV FkhA gekjh dksbZ xyrh
ughaA

pijklh & ij le; rks igys ls gh ekywe FkkA ,d fnu igys vkrs
!

ijh{kkFkhZ & jgus o [kkus dk [kpkZ dgk¡ ls vk,xk] ge
rks csjkstxkj gSaA Ñi;k gekjh ijs’kkuh dks le>ks] gesa
ijh{kk nsus nksA vxyh ckj rks vksoj ,t gks tk;saxsA bl
ckj eu yxkdj esgur dh gSA D;ksa gekjh mEehnksa esa
ikuh Qsj jgs gks \ Ñi;k vUnj vkus nhft,A

pijklh & fu;e rks fu;e gSA tc vHkh le; ij ugha igq¡ps rks
ukSdjh esa D;k igq¡pksxs! D;k rqEgkjh ukSdjh ds fy, eSa
viuh ukSdjh nko esa yxk nw¡xk \

Ldwy ds QkVd ds ckgj tks ijh{kkFkhZ nsj ls igq¡ps os
'kksj epkus yxsA

12 & vcdh ckj ugha rks

vfHkHkkkod Hkh de ijs'kku ugha FksA lkQ&lkQ >yd jgk
Fkk] ekuks ijh{kk cPpksa dh uk gksdj mudh gksA D;ksa
uk gks \ lkjh esgur dh dekbZ muds ihNs yxk j[kh gS
vkSj fnu&jkr lius vius cPpksa ds Hkfo"; ds fy, ns[ks
gSaA

ik.Ms th & 'kekZth fiNyh ckj esjh csVh esfjV esa pkj
uacj ls jg xbZ FkhA bl ckj rks मैंus dgk] dksfpax dj ysA
50]000रूपये dh dksfpax Hkh djok nhA vk'kk djrk gw¡
fudy tk,xh] ugha rks 'kknh djok nsrk gw¡A mez Hkh
fudyh tk jgh gSA dEiih'ku Hkh cgqr VQ gks x;k gSA
dksbZ vPNk yM+dk vkidh utj esa gks rks crkuk vkSj
vkius vius csVs ds fy, D;k lkspk gS \

'kekZ th & ikaMs th vkidks rks vPNk gS] csVh gSA
'kknh dj nksxs nkekn dek,a vkSj csVh [kpZ djsA esjk
csVk rks fiNyh ckj ,d uEcj ls jg x;kA bl ijh{kk esa vkSj
nks uEcj ls ,l-,l-lh- ds baVjO;w esaA आशा djrk gw¡] bl ckj
mldh esgur jax yk,xhA ugha rks nqdku [kksys nsrk gw¡A
fjVk;jesUV ds iSls ls x`gLFkh Hkh rks pykuh gh gSA

ik.Ms th& lrh th] vkius D;k lkspk gS] vius csVs ds fy, \

lrh th& th] csVk cgqr esgurh gSA blfy, lksp jgk gw¡
,d&nks lky vkSj lghA ysV~l gksi QkWj n csLVA

13 & fglkc yxk;k

¼,d vfHkHkkod ‘kk;n vFkZ’kkL= okyk Fkk ;k cfu;k½

HkhM+ esa ls ,d & eSaus fglkc yxk;k iwjs jkT; esa djhcu
100000 ijh{kkFkhZ us ijh{kk nh gksxh vkSj Qhl nh 600
रुपये] rks gks xbZ vPNh [kklh dekbZ] N% djksM+ :i;s
vkSj uk tkus fdruh fjfDr;ka lky Hkj esa vkrh gSa] blls
rks dbZ yksxksa dh vPNh [kklh ukSdjh yx ldrh gSA

14 & pkS/kjh th

pkS/kjh th & eSaus rks vius cPps ls dgk] i<+kbZ rks cgqr
gks xbZA vc [kkyh le; ukSdjh dh ryk‘k esa uk fudky tjk
tehu tk;nkn ns[k o IykWfVax oxSjg dj lc rsjk gh rks gSA
bdykSrk gS] exj ekurk gh ugha] u tkus dgka dk fQrwj
p<+k gSA ukSdjh dks u tkus D;k lkserk gSA fdruk dek
ysxkA vxj ukSdjh ljdkjh yx Hkh xbZ] rks dkSu ns[ksxk
lkjh tehu tk;nkn \ D;k i<+kbZ djds ukSdjh gh djuh gS \
ljdkjh ukSdjh rks th gtwjh gSA ,d <ax ls ukS $ dj A vkSj
,slks vkjke ls iys cPps] vkxs&ihNs ukSdj ?kweus okys] nks
dne pyus esa rks xehZ esa yw yx tkrh gS vkSj BaM esa
ghVj ds cxSj ugha jg ldrs] [kkus esa NIiu Hkksx og Hkh
budks ilan ugha vkrsA ;gh ns[k yks ,Xtke MªkbZZoj ysdj
gksaMk flVh dkj esa vk;k gS vkSj lkFk esa] eSa pkSdhnkj
cudj vk;k gw¡A cl nks fnu dk ’kkSd gS vkSj fQj mYVs ckal
cjsyhA

कोई जनाब से पूछे की अगर सरकारी नौकरी मिल गई तो कया होंडा सिटी व मुझ बुढ्ढे चौकिदार को लेकर पहाड चढेगा और नदी –नाले पार करवाएगे।

15 & vrhr ds iUuksa esa

vpkud nwljh ?kaVh ctrh gS vkSj eSa Hkh 25 lky igys vrhr ds iUuksa esa Mwc tkrh gw¡A ;wa ge Hkh ukSdjh dh ryk‘k esa fnu&jkr HkVdrs FksA ftlesa fnu&jkr ,d dj i<+ukA ml le; iSlk] ukSdjh] Kku o ekxZn‘kZu dk vHkko FkkA ysnsdj ogh pqfuankd lh-ih-,e-Vh-] ch-,M-] vkbZ- Vh- vkbZ- dh izos‘k ijh{kk vkSj uk rks vktdy dh rjg izkbosV dkWyst vkSj ukSdfj;ksa dh ck<+A tSls ,e-ch-,-] ch-lh-,-] lh-,-] gksVy eSustesaV] QkesZlh] VwfjTe bR;kfnA ml le; xfeZ;ksa esa ,s-lh- vkSj dwyj rks Fks ugha o oksYVst Hkh cgqr de vkrh FkhA Åij ls ia[kk eqag fp<+kus dks gks uk gks] cjkcj FkkA jkr Hkj fctyh dh dVkSrh इसलिए लंपु lgkjs i<+uk vkSj xehZ esa लंपु तवे dh rjg eq¡g esa yxuk vkSj mldh xehZ ls eNyh fcu ikuh ds QM+QM+uk tSls gksrk FkkA लंपु के सहारे i<+rs&i<+rs vki[kksa esa de mez esa p‘ek yx x;k vkSj lfnZ;ksa esa BaM Hkh cgqr gksrh Fkh] rks jkbZ esa ?kql dj i<+rs FksA ij uhan vkuk LokHkkfod FkhA rHkh vUnj ds dejs ds chpksa&chp ls ek¡ dh vkokt+ phjrh gqbZ vkrhA vjs i<+ jgh gS ;k iM+ xbZ gSA vk/kh uhan esa txdj dgrh Fkh] gk¡&gk¡] i<+ jgh gw¡A

fQj mBdj dqlhZ esa cSBdj i<+rh Fkh rks udk cgus yxrhA blfy, pk; ihrh rkfd udk Hkh u cgs vkSj uhan Hkh u vk,A

blfy, pk; dh ryc vc Hkh jgrh gS vkSj og dqlhZ ftlesa ge i<+rs Fks mlesa xïk iM+ x;k A ‘kk;n gekjh dM+h esgur dks bfrgkl ds iUuksa esa xokgh nsus ds fy,A

dkWEiVh'ku ,Xtke dh i<+kbZ xzqi LVMh esa csgrj gksrh
gS D;ksafd ,d nwljs ls }os"k gksus ds dkj.k] vkxs fudyus dh
ps"Vk gksrh gSA blfy, viuh lgsyh ds lkFk i<+us dk fu'p;
fd;kA lqcg तीन ?kaVs vkSj 'kke dks तीन ?kaVs vkSj fQj jkr
dks fjohtuA

bl ckj eSaus ch-,M- vkSj ,l-vkbZ- dk QkWeZ Hkjk FkkA tc
,l-vkbZ- dk QkWeZ Hkjk] vkt ls rdjhcu 25 lky igys rks
yksxksa dk utfj;k cgqr vthc lk FkkA [kkldj ekWMuZ fopkj
okyksa dk tks dgrs vjs csVk ;s ,l0vkbZ0 dk QkWeZ D;ksa
Hkj fn;kA ch-,M-] lh-ih-,e-Vh- dk QkWeZ Hkjksa] dgka
Hkkxrs fQjksxsA fudy Hkh x, rks dgk pksj&mpDdksa ls
yM+ksxsA ckn esa rks 'kknh gh djuh gSA cPps gh rks
ikyus gSaA lqdwuu dh ftUnxh thuh gS dh ughA \ budh
ckrsa ek¡ lqu ysrh rks dgrh rsjk rks fnekx [kjkc gks x;k
gSA iwN ds rks QkWeZ Hkjkdj [kkyh iSls cckZn u fd;k
djA ;s yksx esjh utj esa os yksx gksrs gSaA tSls u, fMCcs
esa lM+h feBkbZ] lksp rks cnyh ugha cl Åijh fn[kkokA

16 & dckM+ okys HkS;k

D;ksafd ml le; Kku dk HkaMkj vkWuykbZu u gksdj
fdrkcksa ls Vhiuk iM+rk FkkA D;ksafd dqN dgha rks dqN
dgha feyrk FkkA blfy, fdrkcksa dk vackj gks tkrk FkkA vxj
vki dbZ ckj ukdke gksrs gSa rks vius Hkh vki ij Hkjkslk
[kks nsrs gSaA ,slk gh dqN esjs lkFk gqvkA tc dbZ ckj
,Xtke nsdj ukdke jgha vkSj ?kj esa fdrkcsa vkSj dkWfi;ksa
dk vackj yx x;kA gk¡] FkksM+h esjh Hkh dqN vknr [kjkc
Fkh fd tgk¡ i<+rh ogha fdrkc NksM+ nsrh FkhA ,d fnu esa

cktkj xbZA ml le; ?kj esa fnokyh dh lQkbZ dk dke py jgk
FkkA NksVs HkkbZ vkSj nhnh ek¡ dk gkFk caVk jgs FksA

nhnh & ?kj esa lcls T;knk dpM+s dk <sj okyh gS] ljksftuhA
tgk¡ ns[kks bldh fdrkcsaA

ek¡ & uk tkus dc fudyrh gS vkSj dc gesa NqVdkjk feyrk
gSA

HkkbZ & vjs nh] D;ksa ijs’kku gks jgh gksA vHkh dckM+h
dks cqykdj lc jÌh esa csp nsrk gw¡A

(तभी एक कबाड़ी सड़क पर....)

dckM+h & dckM+ csp Mkyks] jÌh isij] yksgk] Vhu dckM+
csp MkyksA

HkkbZ & vjs vks dckM+h okys HkS;kA

dckM+h & HkkbZ lkgc vkius vkokt+ yxkbZ \

HkkbZ & gk¡A

dckM+h & th vkrk gw¡A

HkkbZ & crkvksa isij] yksgk vkSj fdrkcsa fdrus :i;s fdyks
ys jgs gks \

काबाड़ी- किताबें एक रुपया, पेपर दो रुपये और लोहा पॉच रुपये।

HkkbZ & nhnh] lkjk dckM+ o lkjh fdrkcsa jÌh esa csp
nksA

दीदी- तोल सही- सही रखनाA ।तोल मत मारना। तुम डंड़ा बहुत मारते हो। पाँच किलो **dks rhu fdyks cuk nsrs gks** \

dckM+h & nh] fpUrk er djksA vkids lkeus gh rksy jgk हूँ। fo'okl ugha rks [kqn rksy yksA

nhnh& pyks] rksyks fQjA

¼dckM+h rksyus yxrk gS½

nhnh & vjs <ax ls rksyksA ,d fdyks esa D;k bruh lkjh fdrkcsa p<+ tk;saxh \

¼nks&rhu fdrkcsa de djrh gqbZ½

dckM+h & cl gks x;k nhnhA lksuk FkksM+h u rksyuk gSA vki pkgks rks dgha vkSj Hkh rqyk yksA esjk rksy lgh gSA

¼lc dckM+ rksyus ds ckn½

dckM+h & 24 fdyks fdrkcsa] 30 fdyks v[kckj vkSj 10 fdyks yksgkA gks x;s vkids 134 रुपये।

nhnh - बस 134 रुपये! blesa rks bruh lkjh fdrkcsa gSaA ;s rks करीबन 7000 रुपये या8000 रुपये की हैं vkSj cl 24रुपये dh gqbZ \

dckM+h & gekjs fy, rks cl ;s jÌh gSA vkids fy, Kku dk Hk.Mkj gksxk \ 'kk;n vc vkids fy, Hkh ugha \ blfy, jÌh esa csp jgs gks A nhnh & pyks dksbZ ugha 150रुपये nks vkSj lkjk dckM+ ys tkvksA

dckM+h & nh] vki Hkh iSls ds ekeys esa cgqr [khapkrkuh djrs gks \

nhnh & ys tkuk gS rks ys tkvk150 रुपये esa \ ugha rks jgus nks] dbZ vkrs gSaA

dckM+h & Bhd gS nhnh 150 रुपये esa ij vkbank eq>s gh cqykukA

tSls gh ?kj esa izos‘k djrh gw¡] rks dckM+h esjh fdrkcksa dks vius cksjs esa Mky jgk gksrk gSA esjs vk¡lw ugha :drs gSa vkSj yxrk gS esjs ik¡oksa rys tehu f[kld xbZ gks vkSj eSa mlesa lek x;h gw¡A eSa viuh fdrkcsa Nhu ysrh gw¡ vkSj dckM+h ls dgrh gw¡ Þfdrkcksa ds iSls dkV yks] vius dckM+ lsÞA

dckM+h ds tkus ds ckn ?kj esa dkQh rek‘kk gksrk gSA var esa ;g fu"d"kZ fudyrk gS fd bl lky ugha fudyh rks fQj ,Xtke ugha Hk:axhA

17 & eqvk cNM+k

V~;w‘ku okys cPpksa dh xfeZ;ksa dh Nq͉h gks xbZ FkhA blfy, lkspk fd xk¡o pys tk,aA tjk ekgkSy Hkh cny tk,xk vkSj xehZ ls Hkh NqVdkjk fey tk,xkA ge lHkh yksx xk¡o pys x,A jkLrk cgqr gh lqxe vkSj ekSle cgqr lqgkouk FkkA jkLrs esa >jus] dy&dy cgrh ufn;k¡] Qyksa ls yns vkM+w] [kqekuh] iqye vkSj vke ds isM+ FksA ,sls ‘kkar okrkoj.k esa lqdwu ls i<+us ds fy, eSa vius uksV~l Hkh lkFk ys

xbZA xkao esa igq¡ph rks lcus vkoHkxr cgqr dhA 'kke dks
4%00 cts FksA eSaus vius uksV~l fudkys vkSj i<+us ds fy,
isM+ dh Nkao esa dqN Qy ysdj ysVdj i<+us yxhA rHkh
vanj ls nknh dh vkot+ vk;hA

nknh &csVk cgqr i<+ fy;k uk'rk dj ysA

eSa & vkbZ nknhA

dgdj fdrkc NksM+dj mNyrh dqnrh nknh ds ikl xbZA

eSa & D;k cuk;k gS nknh \

nknh & xqM+ dh dVd okyh pk; vkSj gyok tks rq>s ilan gS
vkSj tkrs oDr ;g pkj v[kjksV vkSj cknke ysrh tkukA bls [kk
ysuk fnekx ds fy, vPNk gksrk gSA i<+rs&i<+rs lw[kdj
dkaVk gks xbZ gSA viuk /;ku j[kA psgjk [kjkc gks tk,xkA
yM+ds okys Hkh rks vkrs gSa] ns[kusA 'kknh esa fnDdr
vk,xhA vktdy dh yM+fd;k¡ ,d ls ,d lqanj vkSj i<+h&fy[kh
gSa vkSj lqu ! i<+kbZ viuh txg] lqanjrk viuh txg vkSj
nksuksa fey tk;s] lksus esa lqgkxkA

ß vjs cl nknh vki Hkh ! Þ dgrs gq,] eSa ckgj fudy x;hA ;s lc
lqurs&lqurs esjs dku id x, FksA ;gk¡ ewM Ýs'k djus vkbZ
FkhA ;gk¡ Hkh ys nsdj fQj ogh f?klh&fiVh ckrsaA

tSls gh isM+ ds uhps igq¡ph] esjh vki[ksa QVh dh QVh jg
x;h vkSj gkFk ls dVksjk uhps fxj x;kA v[kjksV vkSj cknke
tehu esa QSy x,A tc ns[kk eqvk cNM+k esjs uksV~l dks
pck jgk gSA esjh vki[kksa ds lkeus esjs lius pdukpwj gks
x,A esjk ,d ekg jgus dk [okc ,d fnu Hkh u jg ldk vkSj lqcg
okyh cl ls okil gY}kuhA 'kk;n tc le; [kjkc py jgk gksrk gS]

rks gj ,d eksM+ ij Bksdj gh [kkuh iM+rh gSA

?kj igq¡ph] rks cxy okyh HkkHkh cksyh &

HkkHkh& D;k ckr] bruh tYnh ! dkWy ysVj vk;k gS D;k \

eSa & ugha A

HkkHkh & feBkbZ f[kykus ds Mj ls >wB cksy jgh gks \ ge
fcuk feBkbZ ds [kq'k gSa] uun th] vki dh [kq'kh esa !

eSa & vjs ugha ! vki xyr le> jgh gSaA vHkh rks isij nsuk
ckdh gSA

18 & cxy okyh vkaVh

gj ,Xtke ds ckn fjtYV dk bartkjA tks vkt dh rjg g¶rsHkj esa
vkWuykbZu u gksdj vkWQykbZu gksrkA tks g¶rksa esa u
gksdj eghuksa esa vkrk vkSj ek;wlh ns tkrkA mlls Hkh
T;knk iM+ksl okyh vkaVh ds csVk&csVh dk fudyuk vkSj
mudk feBkbZ dk MCck ysdj vkuk vkSj tkurs gq, Hkh] ge
ugha fudys] ek¡ ls iwNukA

vkaVh & vjs HkkHkh feBkbZ [kkb,A

ek¡ & fdl ckr dh \

vkaVh & lksuw vkSj eksuw nksuksa lh0ih0,0Vh0 esa
izos'k&ijh{kk esa p;fur gks x, gSaA Hkxoku dh Ñik lsA

ek¡ & vkidks cgqr&cgqr c/kkbZA

vkaVh & vkSj ljkstuh dk fjtYV dk D;k gqvk \

ek¡ & vjs dgka ls gks \ jkst+ ds esgeku] i<+us dk le; gh
ugha feyrkA ?kj esa mudh otg ls dke हो dke gks tkrk gSA
vkius Bhd fd;k nksuksa dks dksfpax djok nhA vktdy rks
fcuk dksfpax ds dgka fudyrs gSa \ nsf[k, vkids cPps Hkh
rks 2 lky igys fcuk dksfpax ds ugha fudys FksA vki tkurs
gh gSa] dEiVh'ku cgqr gSA viuh rjg ls rks cspkjh yxh jgrh
gSA esgurh rks gS gh ij HkkX; lkFkk ugha ns jgkA Åij ls
gekjs ;gk¡ 'kkfn;ksa dk tksjA blh eghus 15 'kkfn;ka gSa vkSj
esgekuksa dk cksy&ckyk gSA

vkaVh & dksbZ ckr ughaA bl ckj ugha rks vxyh ckj fudy
tk,xhA dksfpax djok yhft,A

vkaVh ds tkrs gh

ek¡ & u tkus D;k i<+rh jgrh gS\ ns[k rq>ls NksVs gSa vkSj
nksuksa gh lh0ih0,e0Vh0 esa fudy x, gSaAपाँचlky ckn
MkWDVj cu tk,axsA

eSa & i<+ rks jgh gw¡ vkSj D;k d:¡ \

firkth & rks D;k gqvk i<+ rks jgh gS eu yxkdjA vHkh rks
[kqn dg jgh Fkh ! esgekuksa dh otg ls ugha gqvk vkSj
muds cPps rks dksfpax djds fudys vkSj vc mlds ihNs iM+
xbZ gSA i<+ csVk i<+] ek¡ dh ckr er lquA

ek¡ & ns[kks ! T;knk csVh dks lj er p<+kvksA पाँच lky ckn
ns[kks nksuksa MkWDVj cu tk,axs vkSj fQj ns[kks felst
esgjk dSls jkSc tekrh gSA esjh ekuks dksbZ vPNk yM+dk
ns[kdj 'kknh djok nks D;ksafd var esa x`gLFkh rks
lEHkkyuh gSA

.

eSa & ¼>Yykdj½ dksbZ 'kknh&oknh ugha djuh eq>sA
igys vius iSjksa esa [kM+s gksus nksA D;k 'kknh ds ckn ifr
ds vkxs gkFk QSykÅaxh \ eq>s esjs lius iwjs djus nksA cl
,d lky vkSj lghA

ek¡ & Bhd gSA ,d vkSj lky lghA ugha rks rsjh 'kknh djok
nw¡xhA eu yxkdj i<+ vkSj dksfpax tkuk gS rks tkA

lgh esa yksxksa dk rkuk vHkh ugha fudys ?kkoksa dks gjk
dj nsrs FksA fQj [kqn dk lgkjk vki cudj <ka<l cka/kdj fQj
,d ckj gfjoa'k jk; cPpu जीdh dfork

xquxqukrh uUgha phaVh tc nkuk ysdj pyrh gS] p<+rh
nhokjksa ij lkS ckj fQlyrh gS --------dksf'k'k djus okyksa dh
gkj ugha gksrhA

**19 & ekrkth vkidh gÏh dSls VwVh **

ge fQj dej dldj i<+us yxsA ,d fnu u, edku esa ikuh Mkyrs
gq, flaxy bZaZV dh nhokj ij ikao iM+ x;k vkSj ge nks lfj;k ds
chpksachp fudydj ?kk;y gks x, gkFk cgqr Hkkjh yxus yxk]
tSls VwV x;k gksA

eSa & ek¡! yxrk gS gkFk VwV x;k gSA

ek¡ & vxj gkFk VwV tkrk rks vHkh <ax ls [kM+h Hkh
ugha gks ikrhA

BaM ds fnu FksA ek¡ us nnZ fuokjd Øhe yxk;h vkSj cksyh
ysV tk vkSj jtkbZ mM+k nhA dqN nsj ckn VkW;ysV tkus
ds fy, mBh rks mB ugha ikbZ] ek¡ dks iqdkjkA

eSa & eEeh! lPph esa gkFk VwV x;k gSA

ij esjh ‘kDy gh ,slh gSA fdlh dks fo’okl gh ugha gqvkA
ckj&ckj fpYykus ij ,Dl&js djok;k x;kA ,Dl&js esa dksguh dh
gÏh dk pdukpwj gks x;k FkkA ml oDr gY}kuh NksVk lk
Fkk vkSj fpfdRlk dk vHkko Fkk blfy, MkWDVjksa us ckgj
ds fy, jsQj fd;kA fQj Hkh esjh ek¡ ,d izkbosV MkWDVj ds
ikl x;hA lnhZ dk fnu FkkA ek¡ us ‘kkWy vks<+ j[kh FkhA
MkWDVj us le>k ek¡ dh gÏh VwV xbZ gSA

MkWDVj & ekrkth vkidh gÏh dSls VwVh \

ek¡ & esjh ugha] esjh csVh dh VwVh gSA

’kk;n ek¡ ijs‘kku Fkh fd vc csVh dk D;k gksxk vkSj ek¡ dk
ijs’kku psgjk ns[kdj MkWDVj us vuqeku yxk;k dh ekrk dk
gkFk VwV x;k gSA cxy esa eSa cSBh gqbZ ean&ean
eqLdqjkus yxhA ij fdLer vPNh Fkh fd gY}kuh ds ,d
gksugkj MkWDVj us gkFk dk lQyrkiwoZd vkWijs’ku dj
fn;kA

vc rks rks vk’kk esjh ek¡ dh esjs fy, Fkh oks Hkh Mwc
x;hA ij firk fgEer ugha gkjsA os cksys pyks vc ,d txg cSBdj
rS;kjh djks] dke&/kke dqN ughaA

20 & iafMr th

vc ek¡ us lkspk pyks dqaMyh gh fn[kk ns rkfd dksbZ fo?u
& cka/kk gks rks mls Vkyk tk ldsA iafMr th ds ekxZn‘kZu
eSa BIik yxkus ds fy, firkth dks Hkh vius lkFk ikB i<+dj
ys x;hA D;ksafd firkth uohure [;ky ds FksA iwtk&ikB ls
T;knk deZ esa fo’okl djrs FksA cl ek¡ dh ftn ds vkxs vkSj

mudk eu j[kus ds fy, iafMr th ds ;gk¡ ekFkk Vsdus pys x,A
iafMr th cgqr Kkuh Fks] ij iqjkus fopkj/kkjk ds FksA
dqaMyh gkFk esa ysrs gq,A

iafMr th & D;k ckr jkBkSj th csVh ds fookg ds fy, fpafrr
gks \

firkth & ughaA ukSdjh ds fy,A

ek¡ & gk¡ Hkh vkSj uk Hkh] ij fookg gks tk;s rks csgrjA

iafMr th us dqaMyh ij utj nkSM+kbZ vkSj gkFk esa dqN
fxuk vkSj cksys &

iafMr th & bldk rks lw;Z rst gS vkSj xq: detksj] ljdkjh
ukSdjh dk ;ksx rks curk gSA ,Xtke rks Hkjk gh gksxk rks
bl lky ds var rd ;ksx gS ij 'kknh dk ughaA xq:okj dk ozr
djks vkSj lw;Z dks ikuh vfiZr djks Qy fuf'pr gh feysaxsA

eu gh eu esa eqLdqjkbZ vkSj firkth us eq>s ns[kk] os Hkh
eqLdqjk;sA

firkth & vc rks [kwc eu yxkdj i<+ksA iafMrth ls
vk'khokZn yksA

iafMr th ls vk'khokZn fy;kA

iafMr th & dY;k.k gks] feBkbZ ykuk Hkkwy u tkukA

ejrk D;k u djrkA blfy, lkjs lke] n.M] Hksn lc fd,A tks
iafMrth us crk,A blfy, vc ukfLrd ls vkfLrd gw¡A iafMrth dh
ok.kh o ozr jkeck.k fudys vkSj lh/ks ch-,M- dh
izos'k&ijh{kk esa p;fur gqbZA lcls igys Hkxoku dks

/kU;okn] ekrk&firk ds pj.k Li'kZ o iafMrth ds fy, yïwA vc
rks ek¡ Hkh dgus yxh] pyks esgur rsjh jax y

21 & bl ckj esgur jax ykbZ gS

vc gekjs ;gk¡ yksx c/kkbZ nsus vk,A ysfdu ftlus esjs lkFk
dackbUM LVMh dh Fkh oks bl ckj Hkh p;fur ugha gqbZA
eq>s bldk cgqr vQlksl gSA dqN esjs fe=&x.k us eq>ls loky
fd;kA csVk ?kwl fdruh nh vkSj dgk¡ \ rqEgkjh lkFk okyh
rks jg xbZ \ gesa Hkh rks irk pys rks viuh csVh&csVksa
dk djok nsaA eSaus dgk] ugha vady bl ckj esgur jax ykbZ
gSA ugha rks igys ugha fudy tkrh \

22 & vHkh rks vlyh ikiM+ csyus cps gSa

th vc ch0,M0 izos'k dk dkWy ysVj vk;kA ml le; izkbosV
ch0,M0 ugha gksrs FksA flQZ ljdkjh gksrs FksA oks Hkh
gY}kuh] vYeksM+k vkSj uSuhrkyA esjk p;u vYeksM+k
ch0,M0 ds fy, gqvkA tks esjs ?kj ls 70 fdyksehVj nwj Fkk
rks esjk gkWLVy esa jgus dk liuk Hkh iwjk gqvkA igys
dbZ vkSipkfjdrk tSls esfMdy lfVZfQdsV] dSjsDVj
lfVZfQdsV iwjh dh vkSj fQj dqN viuk lkeku ysdj ljdkjh
gkWfLVy igq¡p x,A

vHkh rks cl ch0,M0 esa fudys Fks ij vius dks dksbZ ljdkjh
eSMe ls de u le>rs FksA tc Vhfpax Vsªfuax ds fy, lkM+h o
da?ks esa ilZ vkSj gkFk esa Qkby gksrh] ij D;k irk Fkk
vHkh rks dkQh ikiM+ csyus cps FksA vHkh rks ftanxh esa
vkSj FkisM+s ckdh gSaA

pyks ,d lky dk ch0,M0 Hkh gks x;k ij fu;qfDr;k¡ jkT; u;k
gksus ls ugha vkbZA ch0,M0 ds cy ij izkbosV tkWc vklkuh

ls fey x;hA ml le; ch0,M0 cM+h miyfC/k ekuh tkrh
D;ksafd vktdy dh rjg izkbosV ch0,M0 ugha gksrs FksA
flQZ ,d lky esa iwjs jkT; esa 300 ls 400 dk gh ch0,M0
izos'k&ijh{kk esa p;u gksrk FkkA

23 & dgha eSa dq¡okjh uk jg tkÅ¡

vc vki lc dks irk gh gS] izkbosV tkWc rks cjlkrh ukyk gSA
vkt gS] dy ughaA ru[okg Hkh fxuh&pquhA flQZ Åij okys
ds jgeks deZ ij pyrk gSA

dqN lky izkbosV tkWc djrs&djrs vius [okc fQj ls vius lkeus
pdukpwj gksrs gq, yxus yxsA firkth dh ckr ljdkjh ukSdjh
cgrh xaxk ds leku gSA /kwfey lh gksrh fn[kkbZ nsus
yxhA blfy, lkspk dh pyks dc rd ljdkjh ukSdjh dk eq¡g
ns[ksa] pyks 'kknh gh lgh oDr esa dj ysaA irk pyk vHkh
ugha&vHkh ugha dgrs&dgrs ljdkjh ukSdjh dk [okc
ns[krs&ns[krs mez <y u tk, vkSj eSa dq¡okjh gh jg tkÅ¡
vkSj yksxksa ds fy, lcd cudj jg tkÅ¡A

blfy, yM+ds Hkh ns[ks x,A dHkh oks gesa fjtsDV djsa rks
dHkh ge mUgsaA dHkh dqaMyh feys rks oks gesa eatwj
ugha ;k ge mudks eatwj ughaA dHkh nksuksa eatwj rks
dqaMyh ughaA dn Hkh T;knk yEck gksus ls 'kknh esa
vkSj fnDdr vk jgh FkhA

24 & gw bt+ fn dSafMMsV \

fQj ,d fnu tc dgha dqaMyh feyus ds ckn nks HkkkbZ ckbZd
esa lckj gksdj vk,A ekrk&firk us nksuksa dh vkoHkxr dhA
fQj firk us ;qod ls iz'u fd;sA de mez yxus okyk ukStoku
mŸkj esa mŸkj fn, tk jgk FkkA

firkth & csVk vkSj fnYyh esa rks cgqr xeZ gks jgk gksxk \

;qod & th] 40 fMxzh igq¡p x;k gSA gY}kuh esa rks vHkh
flQZ 38 fMxzh gSA

firkth & vki yksx fdrus HkkbZ&cgu gks \

;qod & th] HkkbZ gSA dksbZ cgu ughaA

firkth & vki dgk¡ vkSj D;k dke djrs gks \

;qod & th] fnYyh esa ,d izkbosV QeZ esa dk;Zjr gw¡A

firkth & izkbosV QeZ dgk¡ gS \

;qod & th lkmFk fnYyhA

firkth & fnYyh esa dgk¡ jgrs gSa \

;qod & th lkmFk fnYyhA

firkth & vkSj 'kknh ds ckn dgk¡ lsVy gksus dk lkspk gS]
viuh oqM&ch okbZQ ds lkFk \

;qod & th] vius lkFk fnYyh esaA

firkth cgqr O;kdqy gks jgs FksA vkf[kj gksus okyk nwYgk
dkSu lk gS D;ksafd firkth us ckbZd pykus okys dks
dSafMMsV le>k Fkk] og cM+k yx jgk FkkA blfy, viuh
O;kdqyrk dks 'kkar djus ds fy, vkehZ dh jkScnkj vkokt+
esa iwNkA

firkth & gw bl fn dSafMMsV \

;qod & vkbZ] vkbZ ------- ¼;qod >sairs gq,½A

firkth & lks] ;w yqd Vw ;ax] lks ekWb MkWVj vkWYlksA
bV yqd ,sl bV esDl , ijQsDV eSpA ySDV lh !

¼vPNk vki rks cgqr de mez ds yxrs gks lks esjh csVh Hkh
,slh gh yxrh gSA tksM+h vPNh yxsxhA pyks ns[ksa ckr
djds ns[k yks½A

ek¡ & vkidh Ropk ls rks vkidh mez dk irk gh ugha pyrkA

lHkh g¡lus yxrs gSaA

fQj ogh fQYeh LVkbZy ls pk;&uk’rk ijkslk x;kA vkt&dy dk
le; vPNk gSA bruk VkWbe osLV ugha djrs fopkjksa dk esy
djrs gSa vkSj ,d&nwljs dks le>rs gSaA gk¡] dHkh /kks[kk
Hkh fey tkrk gSA ,slk ugha gekjs oDr esa ugha feyrk gksA
esjh ek¡ crkrh gS fd mudk fookg fcuk ,d&nwljs dks ns[ks
gqvk FkkA tc ubZ&ubZ ‘kknh gqbZ Fkh rks esjs firkth
M~;wVh ls vk,A esjh ek¡] esjh nknh ls iwNus yxh] ;s
esgeku dkSu gS \ nknh us dgk] vjs rsjs gh rks nwYgs gSa !
fQj ;gka muds tekus esa rks ’kknh ds ckn xq¶rxw gqbZ]
tks ’kknh ls igys gksuh FkhA vki ;gh lksp jgs gksaxs fd
Hkyk fcuk ns[ks&tkus fcuk rks ’kknh ughaA ;s rks xk;
[kwaVh esa cka/kuk tSlk gqvk \

dqN fnu ckn ’kknh ds] ge fnYyh dks jokuk gq,A dqN lky
ugha jgsA ubZ txg gksus ls eu yxk jgrk gSA cl ,d gh ckr
[kyrh fd [kqyk vkleku ugha FkkA tgka ns[kks Å¡ph&Å¡ph
bekjrsa] cl daØhV taxyA

dqN lky ckn ifr ds fnekx esa viuk [kqn dk fct+uslk ds ckjs esa vk;kA D;ksafd oks Hkh fnYyh dh HkkxnkSM+ vkSj Åijh ped&/ked dh ftanxh ls Åc pqds FksA yksx ogka lqcg&lqcg lkslkbVh ls fudy tkrs Fks vkSj jkr esa 10%00 ;k 11%00 cts okil vkrsA ukSdjh rks flQZ 8 ?kaVs dh FkhA cl lkjk VkbZe VSªofyax esa fudy tkrk FkkA oSls rks esjs ifr 9%00 cts tkdj 6%00 cts vk tkrs FksA ysfdu gj oDr esjh f'kdk;r jgrh tYnh D;ksa ugha vkrs \ tcfd lkslkbVh esa lcls igys esjs ifr vkrs FksA 'kk;n f'kdk;r u,&u, I;kj ds bartkj dh Fkh tks gj oDr ifr dks vius ikl ns[kuk pkgrh FkhA

25 & fQj ljdkjh fjfDr;ka dk QkWeZ Hkjus py fn,

blh chp irk pyk ljdkjh fjfDr;ka fudkyh gSa vkSj eSaus QkWeZ Hkj fn;kA igys rks ifr us euk fd;kA fQj gk¡ Hkj nhA ifr us gY}kuh esa viuk fct+usl lsfVy fd;k 2006 esa vkSj eSaus QkWeZ Hkjk fof'k"V ch-Vh-lh- ds fy,A ;s ckr vHkh rd eq>s gte ugha gqbZ fd ch0,M0 ds ckn fo'ks"k ch0Vh0lh0 dj gesa fMeks'ku D;ksa djrs gSa \ igys ch0,M0 fQj fof'k"V ch0Vh0lh0] ;s rks mYVh xaxk gSA ftlesa igys ,y0Vh0 ds Vhpj dh Vs&fuax djokdj fQj izkbejh ds Vhpj Vs&fuax djokdj fQj izkbejh Vhpj cukrs gSaA tks fd cgqr cM+h ukbalkQh gSA

ij firkth dh ckr ;ku vkbZ! csVk ljdkjh ukSdjh rks cgrh xaxk gSA vkidks vPNh ru[okg] isa'ku] esfMdy o Hkfo"; ds fy, flD;ksfjVh feyrh gSA rks dksbZ ugha] fo'ks"k ch0Vh0lh0 gh lgh ij ukSdjh yxh 2009 esaA Ng eghus dh Vªsfuax] Ms<+ lky dh gqbZA djhcu lkr lky yxs ch0,M0 ls ukSdjh feyus rdA 'kk;n esjk fu.kZ; lgh Fkk 'kknh dk] ugha rks eSa dqaokjh gh jg tkrhA blh chp esjs nks iq= gq,A

2009 esa ljdkjh ukSdjh yxhA ,d ?kaVk cl esa o jkst Ng
fdyksehVj iSnyA igys&igys rks jksuk Hkh vk;kA cPpksa
dks NksM+dj ukSdjh djus ij fQj /khjs&/khjs vknr cu x;hA
,d cPpk ukuh ds ?kj iyk vkSj nwljk nknh ds ?kjA vf/kdrj
ljdkjh ukSdjh esa cPps ukuk&ukuh ;k nknk&nknh ds
Hkjksls gh iyrs gSaA

ftanxh esa vkxs c<+us dh ykylk vkSj rhoz gks x;hA tc cPps
cM+s gks x, vkSj ckj&ckj firkth dh ckr ;kn vkrh fd ftruk
cM+k vksgnk] mrus de ijh{kkFkhZ o vxj pkdw dks
bLrseky uk djks rks j[ks&j[ks pkdw esa tax yx tkrk gS vkSj
Kku dk bLrseky u djsa rks Hkwy tkrs gSaA blh chp ,l-,l-lh-
dk QkWeZ vk;k rks geus Hkh lkspk] pyks cgrh xaxk esa ,d
ckj fQj ls gkFk /kks ysaA blfy, QkWeZ Hkjk vkSj fyQkQk
candj iksLV vkWfQl py fn,A

26 & ge ij Hkh jge fd;k djks

iksLV vkWfQl esa nks yEch drkjsaA ,d efgyk o nwljh iq:"k
dhA QkWeZ tek djus ds fy, jksaM rd igqaph FkhaA drkj
ns[kdj ,slk ekywe gksrk tSls dksbZ pht+ Ýh esa fey jgh gS
;k dksbZ cM+h gLrh vkbZ gSA ge Hkh efgyk okyh ykbZu
ds ihNs [kM+s gks x,] ;s lkspdj fd 'kke ds 2%00 cts rd uEcj
vk gh tk;sxkA ugha rks fQj dy dk bartkj djuk gksxkA

ykbZu esa [kM+s&[kM+s ,d ;qorh ls ckrphr 'kq: dj nh]
rkfd VkbZe ikl gks tk;sA

eSa & cgqr yEch ykbZu gSA

vkxs okyh ;qorh & th lqcg 8%00 cts ls [kM+s gSaA dy rks
10%00 cts igqaph Fkh rks Hkh uEcj ugha vk;kA

eSa & vkidk uke \

vkxs okyh yM+dh & fueZykA vkidk uke \

eSa & ljkstuh] fueZyk vkius fdl iksLV ds fy, Hkjk gS \

fueZyk & bude VSDl vkWfQlj vkSj vkius \

eSa & eSaus Hkh bude VSDl vkWfQlj ds fy, Hkjk gSA

fueZyk & csjkstxkjh Hkh rks cgqr gS] lhVsa Hkh de gSa
vkSj eSfjV Hkh gkbZ tk jgh gS vkSj de gksus ds fy, vkj{k.k
dh ekj ! fiNys lky nks uEcj ls jg xbZ baVjO;q esa] vkj{k.k
dh otg lsA 'kk;n bl ckj lysD'ku gks tk;s rks viuk vkSj vius
ekrk&firk dk liuk iwjk dj yw¡A vkSj vki \

eSa & ukSdjh djrh gw¡A

fueZyk & ljdkjh ;k xSjljdkjhA

eSa & lkr lky gks x, gSa] ljdkjh tkWc djrs gq,A

¼esjh ckr lqudj og >YykbZ½

fueZyk & tjk ge ij Hkh jge djks] ns[kks ge fdrus gSa
[kM+sA vkidks rks fey xbZ] rlYyh djksA vkSjksa a dks rks
feyus nksA

eSa & cgqr nwj tkuk iM+rk gS Vhfpax djus ds fy,A cPps
Hkh NwVs jg tkrs gSaA blfy, bude VSDl vkWfQlj dh
ukSdjh dk QkWeZ Hkjk gSA

fueZyk & vPNk ! rks vkidh ‘kknh Hkh gks xbZ gSA vkids
feLVj D;k djrs gSa \

eSa & lh0,l0 gSaA dEiuh dh vkWfMV dk dke ns[krs gSa
vkSj viuk [kqn dk fct+usl gSA

fueZyk & ¼;g lqudj og ckS[kyk x;h½ eq>s l[r uQjr gS vki
tSls yksxksa ls] ,d rks ljdkjh ukSdjh] Åij ls ’kknh‘kqnk
vkSj fQj Hkh pkgus dh ykylkA Ñi;k ge csjkstxkjksa ij jge
djks vkSj vc gesa Hkh vkus nksA vki tSls yksx gh rks gesa
csjkstxkj cukrs gSaA

’kk;n ;s vuns[kk dM+ok lp Fkk] tks csjkstxkjh dh ihM+k
c;ku dj x;kA

सबको मंजिलों की तलाश है ।

हमको ग्राउंड फ्लोर की तलाश है ।।

परिचय

एक आशावादी विचार धारा - जीवन में असंभव कुछ भी नहीं है ।

एक शिक्षिका , बच्चों से बहुत प्यार है। कला प्रेमी जिसे उत्तराखंड पेंटिंग बनाना पसंद।

कोकिलारावत